SUT RWYT TI'N GALLU COLLI ELIFFANT?

HOW CAN YOU LOSE AN ELEPHANT?

Paul, sydd byth yn gallu cofio
lle mae dim byd … gyda chariad.
J.F.

Cyhoeddwyd yn 2021 gan Wasg y Dref Wen,
28 Heol Yr Eglwys, Yr Eglwys Newydd,Caerdydd CF14 2EA, ffôn 029 20617860.
Testun a'r lluniau © 2021 Jan Fearnley
Y Fersiwn Gymraeg © 2021 Dref Wen Cyf.
Cyhoeddiad Saesneg gwreiddiol 2021 gan Simon & Schuster UK Ltd,
1st Floor, 222 Gray's Inn Road, Llundain WC1X 8HB
dan y teitl *How Can You Lose an Elephant?*
Mae hawl Jan Fearnley i gael ei chydnabod fel awdur ac arlunydd y gwaith hwn
wedi cael ei datgan yn unol â Deddf Hawlfraint, Dyluniadau a Phatentau 1988.
Cyhoeddwyd gyda chymorth ariannol Cyngor Llyfrau Cymru.
b hawl, gan gynnwys yr hawl i atgynhyrchu'r gwaith yn ei gyfanrwydd
neu'n rhannol mewn unrhyw ffurf.
Argraffwyd yn China

SUT RWYT TI'N GALLU COLLI ELIFFANT?

HOW CAN YOU LOSE AN ELEPHANT?

JAN FEARNLEY

Addaswyd gan Elin Meek

Roedd Owain mor ddewr
ag ogof yn llawn o lewod.
Owain was as brave as a cave full of lions.

Roedd e mor ddoniol â llond
basged o gathod bach.

He was as funny as a basket of kittens.

Roedd e mor ddwl â
llond bwced o frogaod.

A hefyd, roedd Owain yn fachgen oedd,
rywsut, yn colli pethau bob amser.

He was as silly as a bucket of frogs.
And Owain was also a boy who, somehow, always lost things.

Pan aeth Owain i chwarae
pêl-droed, collodd ei esgidiau.
When Owain played football, he lost his boots.

"Ble mae dy esgidiau pêl-droed di?" llefodd ei fam.
"Dwi ddim yn gwybod," meddai Owain.
"Where are your boots?" cried his mother.
"I don't know," said Owain.

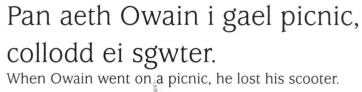

Pan aeth Owain i gael picnic,
collodd ei sgwter.
When Owain went on a picnic, he lost his scooter.

"Beth ddigwyddodd i dy sgwter di?" gofynnodd Dad.
"Dwi ddim yn gwybod," meddai Owain.
"What happened to your scooter?" asked Dad.
"I don't know," said Owain.

Pan aeth Owain i nofio, collodd ei fflipers.

When Owain went swimming, he lost his flippers.

"Ble mae dy fflipers di?" gofynnodd ei rieni.
"Dwi ddim yn gwybod," meddai Owain,
a chodi ei ysgwyddau.

"Where are your flippers?" his parents asked. "I don't know," Owain shrugged.

Doedd e ddim yn gallu cofio lle roedd dim byd.

He couldn't remember where anything was.

Yna un diwrnod, daeth Owain o hyd i rywbeth arbennig!

Then one day, Owain found something special!

Daeth o hyd i eliffant!
Eliffant o'r enw Hefin.
Wel, a dweud y gwir, daethon nhw
o hyd i'w gilydd yn y parc, ar bwys y siglenni.

He found an elephant! An elephant called Hefin.
Well, actually they found each other in the park, next to the swings.

Doedd neb i'w weld gyda Hefin
felly daeth Owain ag e adref.
Hefin seemed to be quite alone so Owain brought him home.

Roedd Hefin yn helpu pawb ac yn garedig, ac roedd yn glyfar. Roedd yn peintio lluniau hyfryd â'i drwnc ac yn adrodd cerddi.

Hefin was helpful and kind, and he was clever.
He painted beautiful pictures with his trunk and recited poetry.

Roedd rhieni Owain wrth eu boddau.

Owain's parents were very impressed.

Cyn hir, daeth yn rhan o'r teulu.
Roedd pawb yn dwlu ar Hefin. Yn enwedig Owain.
He soon became part of the family.
Everybody loved Hefin. Especially Owain.

Roedd Hefin yn gallu cofio rhestri hir – mae gan eliffantod gof ardderchog.

Hefin could remember long lists – elephants have excellent memories.

Siopa
moron
papur toilet
seleri
tofu
letys
bresych
broccoli
afalau
cnau
reis
bananas

Yr Enfys
coch
oren
melyn
gwyrdd
glas
indigo
fioled

Pethe pwysig
Teulu
Ffrindiau
Bod yn garedig

Dydyn nhw byth yn anghofio pethau!

They never forget things!

Dysgodd Owain lawer o bethau clyfar gan ei ffrind newydd.
Ac yna, digwyddodd y peth rhyfeddaf.
Gyda help Hefin …
Owain learned lots of clever things from his new friend.
And then, the most amazing thing happened.
With Hefin's help …

Dechreuodd Owain gofio!
Owain started remembering!

Cofiodd lle roedd ei deganau.
He remembered where his toys were.

**Cofiodd gamau
dawnsio cymhleth**
He remembered complicated dance steps

**a lle roedd wedi gadael
ei sgwter.**
and where he'd left his scooter.

Cofiodd Owain enwau pob un o'r planedau, hyd yn oed.
Nid dim ond eliffant roedd Owain wedi dod o hyd iddo,
roedd wedi dod o hyd i ffrind gorau.

Owain even remembered the names of all the planets.
Owain had not only found an elephant,
he'd found a best friend.

Ond un diwrnod, fel sy'n digwydd bob amser, digwyddodd rhywbeth. Roedd Owain a Hefin yn chwarae cardiau gyda'i gilydd. Enillodd Hefin

But one day, as is always the way, something happened.
Owain and Hefin were playing cards together.
Hefin won

SNAP!

ac yna enillodd Owain.
and then Owain won.

SNAP!

Ond heddiw,
roedd Owain eisiau ennill bob tro!
But today, Owain wanted to win every time!

A chyn gynted ag y digwyddodd hynny,
collodd Owain dro ar ôl tro …
And as soon as that happened,
Owain kept losing …

SNAP!

Dyna fel mae hi weithiau.
That's what happens sometimes.

Ond aeth Owain yn fwy crac o hyd
ac aeth ei wyneb yn fwy coch, ac yna …
But Owain became angrier and angrier and his face became redder, and then …

Collodd Owain rywbeth arbennig iawn.

Collodd ei dymer.

"Dwi ddim eisiau chwarae gyda ti BYTH ETO!" gwaeddodd.

"CER O 'MA!"

Owain lost something very important.
He lost his temper.
"I don't want to play with you ANYMORE!" he shouted. "GO AWAY!"

Cuddiodd Owain ei wyneb mewn clustog.

Rhoddodd Hefin ei gardiau i lawr yn dawel a gadael.

Owain hid his face in a cushion.
Hefin quietly put his cards down and left.

Erbyn i Owain fod yn barod i fod yn ffrindiau eto,
roedd Hefin wedi mynd.
"O, sut gallet ti golli eliffant?" meddai Mam.
By the time Owain was ready to be friends again,
Hefin had gone.
"Oh, how could you lose an elephant?" said Mum.

"Dwi ddim yn gwybod ..." meddai Owain.
Ond roedd e yn gwybod. Oedd, yn wir.
"I don't know ..." said Owain. But he did know. He really did.

Nawr roedd wedi colli rhywbeth ENFAWR!
Roedd wedi colli ei ffrind gorau.
Now he'd lost something HUGE!
He'd lost his best friend.

"O, Hefin, ble rwyt ti? Dere adre!" llefodd Owain.
"Oh, Hefin, where are you? Come home!" cried Owain.

Chwiliodd ym mhob man …
He searched everywhere …

y tu ôl i ddodrefn,
behind furniture,

o dan bethau,
under things,

i fyny,
up,

i lawr
down

ac ym mhob man!
and everywhere!

Ond doedd dim yn tycio.
Doedd dim sôn am Hefin yn unman.
But it was no use.
Hefin was nowhere to be found.

Drwy'r nos, breuddwydiodd Owain am eliffantod.

All night, Owain dreamed of elephants.

Y diwrnod wedyn, cofiodd Owain am bob antur roedden nhw wedi'i chael gyda'i gilydd a'r mannau lle roedden nhw wedi chwarae.

The next day, Owain remembered all the adventures they had shared together and the places they had played.

Gwnaeth Owain ei orau glas i gofio lle gallai Hefin fod wedi mynd, ac yn sydyn, dyma fe'n cofio!

Owain tried his hardest to think where Hefin might have gone and suddenly he remembered!

Rhedodd Owain yn ôl i'r parc, ac yno DAETH O HYD I HEFIN!
Sylweddolodd fod cyfeillgarwch Hefin
yn llawer mwy pwysig nag ennill hen gêm dwp.

Owain ran back to the park and there he FOUND HEFIN!
He realised that Hefin's friendship was much more important than winning a silly game.

"Mae'n ddrwg gen i!" llefodd Owain.
"Do'n i byth yn bwriadu dy frifo di.
Dere adre, plîs!"
"I'm sorry!" Owain cried.
"I never meant to hurt you. Please come home!"

Roedd Owain a Hefin yn ffrindiau gorau
a buon nhw'n byw gyda'i gilydd yn hapus.
Gwnaethon nhw rai ffrindiau newydd, hyd yn oed.
Owain and Hefin were the best of friends and lived together happily.
They even made some new friends.

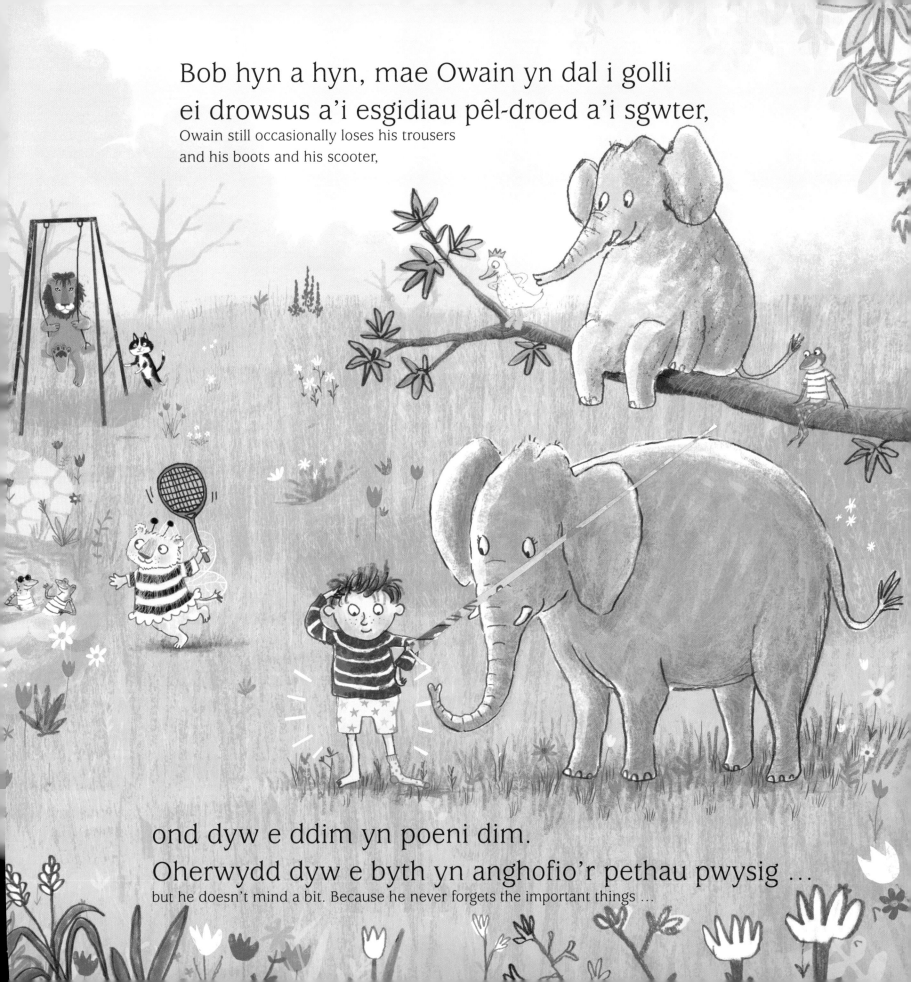

Bob hyn a hyn, mae Owain yn dal i golli
ei drowsus a'i esgidiau pêl-droed a'i sgwter,
Owain still occasionally loses his trousers
and his boots and his scooter,

ond dyw e ddim yn poeni dim.
Oherwydd dyw e byth yn anghofio'r pethau pwysig …
but he doesn't mind a bit. Because he never forgets the important things …

... a dyna'r unig beth sy'n cyfrif.

... and that is all that matters.